雲のゆくおるがん

今道友信・詩　葉祥明・絵

かまくら春秋社

もくじ

盲目となったオッタヴィアのために

誰かの澄んだ声が
いつの午後も聞こえていた――

オッタヴィア！

その声がひびくと
急に金髪のコカスパニエルが登場して
広いグラウンドを駆けめぐる。
呼んだ子は誰であっても決して動かない。
近づいてきたら
「ここだよ！」と言ってポンと手をたたく。

そのルールはみんなが泣きながら決めたのだった。

盲目となったオッタヴィアのために。

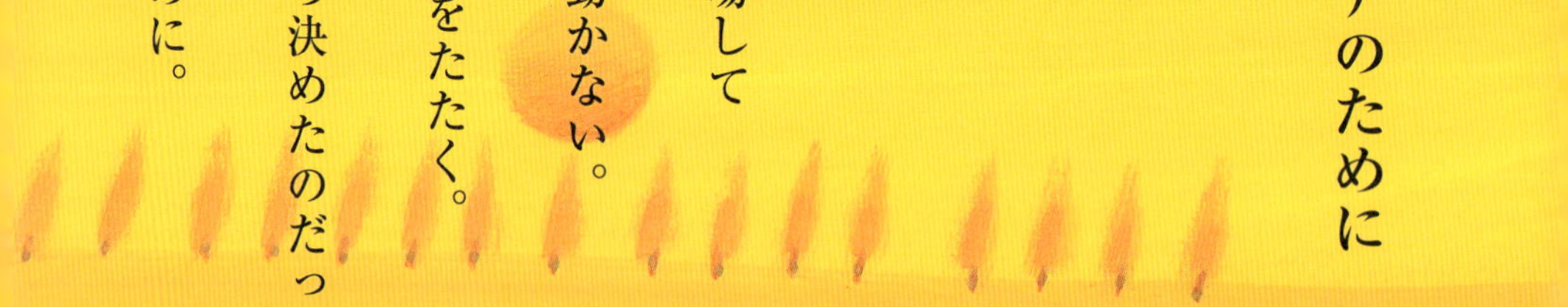

みんなとだけ遊びに来るオッタヴィアのために。
「オッタヴィア！」と呼んだら決して動かない。
近づいてきたら「ここだよ！」と言ってポンと手をたたく。

「これを破ったら仲間じゃない！」と
みんながみんなと指切りげんまんをした。
半泣きの顔たちが赤い夕日を浴びていて
オッタヴィアはその輪の中に坐っていた。

いつのまにか僕らの誰も遊動円木で遊ばなくなった。
その丸太に腰掛けてスポーツを見るベンチの代わりにした。
それが当たって哀しく鳴いていたオッタヴィアを守るためだ。
幼稚園の子が来たときだけは、本物のベンチに移った。
あんな小さな子が遊んでも丸太は強くあたりはしない。

僕らがそうしてスポーツを見たり合唱したり
話し込んでいたりすると

折々は話しかけでもするように
白濁した目に涙を浮かべてこちらの方に
顔を向けていた犬オッタヴィア。

僕の足にも顔を寄せ、体を寄せてきた。

誰かに汚いと言われ、ぶたれたのか、
昔のように人の顔に自分の顔を寄せることはなかった。
ほっぺたを舐めることもしなくなって、
目やにの流れた目を隠すようにして、
人たちの靴に鼻を押しつけて鳴いていた。

オッタヴィア！

その慎ましさがいじらしくて
そのいじらしさが可哀想で
水飲み場の水でぬらした古手ぬぐいで

毎日顔を拭いてやった。
みんなが何かをしてやっていた。

そのことを喜んだのか、
そうしてもらえることを喜んだのか、
人がそうすることが嬉しかったのか、
誰にもわからなかったが、
みんなが親切だったことが、僕らの誰にも嬉しかった。

オッタヴィア！
みんなを優しくさせたオッタヴィア！

もう一度お前が来れば、みんなも優しくなるのだろうか。
人たちは今日も「捧《ささ》げぇ、銃《つつ》！」と言う。

「おるがんの唄」より

大きな影

心の遠い野の果てのそのまた向こうに
ひとつの大きな影の棲む深い森があるらしい

その影はいつも大きかった
そこに憩えば涼しかった
そこにだけそよ風が往還した

悲しみが身の底までにしみたとき
心はいつも遠い野末のその向こうを見ていた
知らぬまにいつもその大きな影が来ていた
その中で私は身をやわらげた

その影はあるときは大樹の蔭のように

またあるときは行く雲の落とす影のように
大きくゆったりと何も言わず
だが私ひとりをかばってくれた

その影はいつも大きく
私のたましいを包んでくれた

心の遠い野の果てのそのまた向こうはるかに
そこに今もまだ一つの大きな影はいるのか

目をつむって聴くと
雲のゆくおるがんの遠い音がする

日輪は夢みる

日輪は今日も碧い空に昇って
峠の石塔の上に影をおとす
光る雲は彼を追うが
日輪は今日もあの道をゆく

楢の林の景色が昔のままなのだ
峠の石塔には誰のかたみが匂うのか
白い雲は日輪を追い求めるが
彼は今日も石塔の上に影をおとす

風は時おり野から吹き上げ
丘の草の葉が踊る
日輪はじっと瞳を注いで
夢みるように石塔の字を見つめる

刻まれた字に苔が生えて
うすれゆく幻に人は忘れようとも
日輪は永遠に想いを込めて
静かに雲を離れ昔の人を夢みる

まひるまの感傷

明るい　ひろい　草原ばかり
吹いて流れる　風ばかり
日は放心の影を投げ……

さわさわ風のわたる歌
さばしる雲の白い光が
今日も夢みるひとみに映る

愛は群から離れさせる
あの日からずっとひとりきりで
物象の動きの中心を見つめる

ことばも今は空しいし
大空の遠い極みに向けて
出てゆくものとては　ただためいきばかり

あこがれは遠いところを見つめさせる
光みなぎる草原の果てに
あぁあぁと遠のいた山脈の午後
その向こうの
見えないもののしずもりを

明るい　ひろい　夢ばかり
寂しくひとり　居るばかり
日は放心の影を投げ……

水車のある風景

村のはずれに水車があって
日のきらめきに水を運び
ひねもす音を立てている

岸には根芹の多い小川で
流れ落ちる水車のしらなみが
ざぶざぶと
垂れ葉にたわむれ泡と消え……

変わらず回転する水車の動きに
時間がかがやきながら敬礼をする
昨日があるのは水ばかり

未来があるのは水ばかり
水車は今を回るだけ……

ぼんやりものを見つめるような
わけもなく口笛を吹きたいような
私の心理のめぐりに日々が流れる

いつかも影と来た村はずれ
そのときも水車は水を上げ下ろし
私は時間を散り流し……

さまざまのみどりの群が多様にゆれ
今日も雲がわき崩れ
水車が水を上げ下ろし……

橙色の空間に

あまり暑さが照りすぎる
テラスに咲いた朝顔も
かんかん帽子の麦畑の
鬼火に灼けてゆくようだ

鎧戸全部下ろしましょう

焼絵硝子が砕けたように
急に涼しい暗室を
漂う色の入りみだれ……
遠くで鳴くのは油蝉

墓場の下で
天軍のラッパを聞いて起き上がる
復活の時の世のように
しだいに物象の影が浮き

息も薫りも髪の香《か》も

そこに居るのは君でしょう、
ぼくの目も次第に命づき
ぴあのの上の人形のびろおどまでも
はっきりと
君の心の底までも。

だからお窓は開けましょう
橙色のまひるまは
かんかん帽子の麦畑

湖の秘密はありません。
しゃきしゃきレモンのシャーベット
それでも食べに行きましょうか

ひまわりばかり蒸すように
橙色の午後ですが
お山の方を見てみると

林に透いて
あおい空

火山灰の傾斜面で

たかく落葉松は気流を吐いて
空に澄む今朝の心

清冽に光が歌う小鳥たちの朝
空に澄むこの心

草はもう太陽光に揺れ踊り、
ぱかぱかと牛乳屋の馬車がゆく坂道は
ふんわりと火山灰になごむ影

林が果ててかがやくような
草原が街道とぶつかる境目の

ひいらぎそよごの切り株に
腰かけて朝の日を浴びよう

どこかに誰かが居るのか

浅間はいつもそんなことを考えさせる
山肌がしだいに光で荒れる古老の座

どこかに誰かが居るだろうか

立て　立て　落葉松
すっきりと
僕の心は空にだけ澄むこの想い！

夕焼けから暮れの唄

大きく空がもえて
今日が悲劇を死んでゆこうとする
村々に残した果たしえぬ夢をひろげて
山脈の上の祭壇に今日が死んでゆく

白樺の林たちも赤々と泣き
風も渓流も小鳥たちも停止し
今　すべてのものは西空の輝照を見つめる
英雄よ　さらば　安かれ！

暮れゆけば　暮れゆけば
私からも今日の重量が抜け落ちてゆき
生身を傷つける旗すすき風

主よ　新しい英雄は来るや

夕餉の匂いの村道を帰れば
流浪の民の哀歌をうたえ

町の窓々に灯りがはいる
ああ、孤独の営みに疲れた人は
小さい預言者のように
煌めき浮かぶ星を見て
ひとりごとを言う

樹下の歌

かなしい時には樹を見よう
空にすっきり立つ幹の
孤独が白く日を映して
上に上にと澄むおもい

かなしい時には樹に聴こう
まひるの風ひかる高原に
月のぼる夜の潮騒も
知らない太古の琴を奏《ひ》く

かなしい時には樹に行こう
幹にもたれて空見れば
幸も空しいちぎれ雲

蔭のみどりに眸《め》をそめて
雲に心を乗せゆけば
千古変わらぬ空の声

雲の生涯

明星の燦めくころは
地平線に沿うて紫の山々のように臥ているが

朝日が金の粉を放散すれば
薔薇の朝焼け
みるみる山々よりも高くなる

大空が青みわたれば
気流の高度に居て
ひとりずつになって
船のようにゆっくりと浮かぶ
白く光って影をつつんで
野を越え　山河を越えて

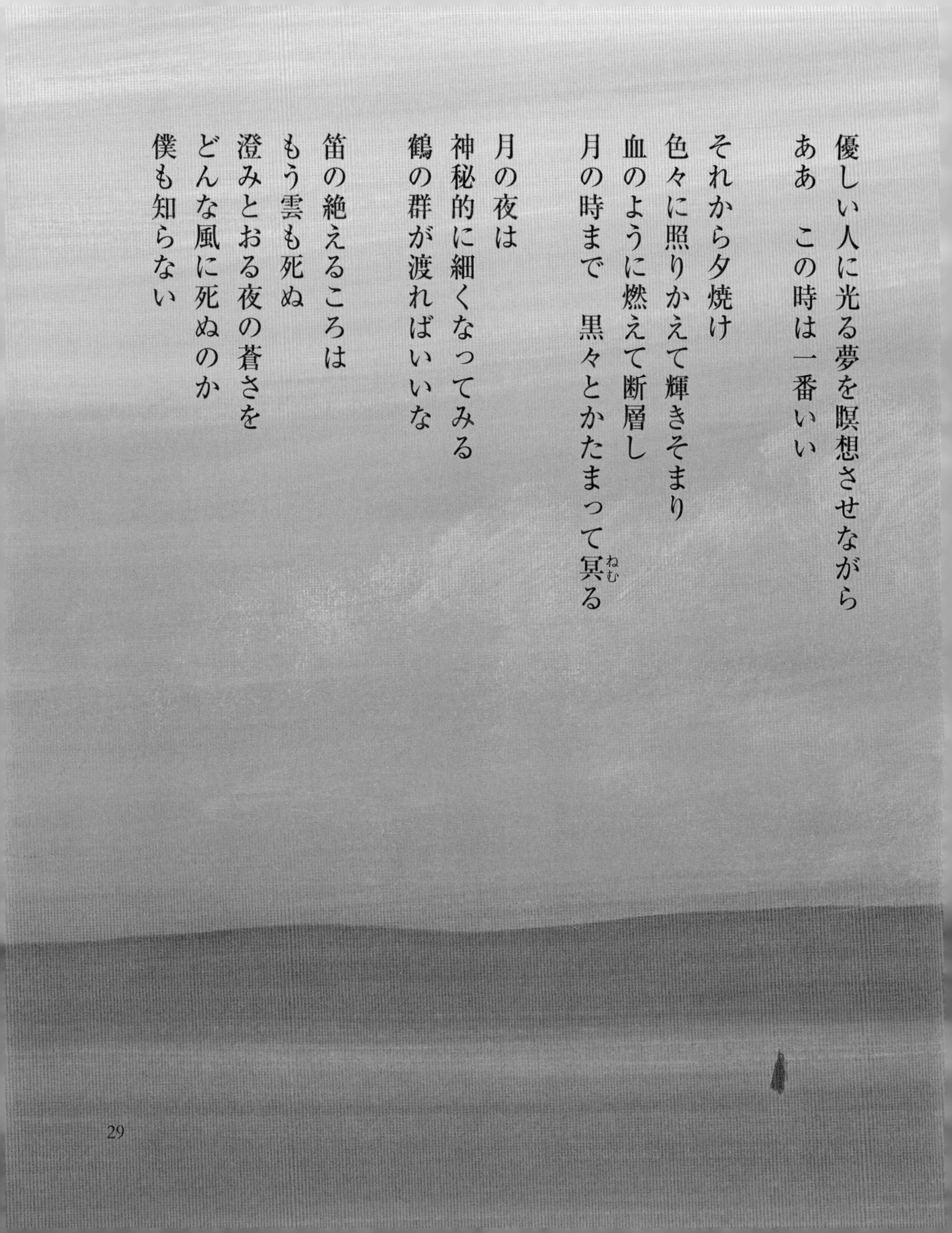

優しい人に光る夢を瞑想させながら
ああ　この時は一番いい

それから夕焼け
色々に照りかえて輝きそまり
血のように燃えて断層し
月の時まで　黒々とかたまって冥《ねむ》る

月の夜は
神秘的に細くなってみる
鶴の群が渡ればいいな

笛の絶えるころは
もう雲も死ぬ
澄みとおる夜の蒼さを
どんな風に死ぬのか
僕も知らない

満月の短章

満月の投げかける光は大きい、
輝かしても瞬時の外観に止まる太陽よりも。

月は
歴史を照らし
運命を照らす、
はるばると山河の起伏のように。
また内面の世界をも照らす、
遠い海のうねりのように。

そこには
二人だけしか知らない風景がある、
青く月にぬれ。

満月の投げかける光は大きい、
澄み切った哀しさの果てに
静かに冥《ねむ》る山々が見える。

そこには
平和な洞窟があって
ひとりの天使が優しく眠っている。

満月の投げかける光は大きい。

「河のほとり」より

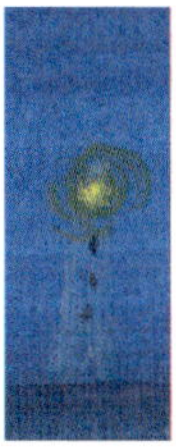

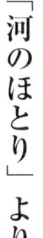

夜想曲

汽車のゆく音がする
いつまでも

どこにゆく汽車だろう
ふるさとに
ふるさとに
私の中の遠い地点に

本当に遙かな過去だ
別離の時がともしびとなって
今日も
秋の夜を眠らずに立っている

青黒い展望を内部にもって
汽車が帰るのを見守ると
耐えがたいともしびの招き

汽車のゆく音がする
いつまでも
いつまでも

夜を深く隔たってゆきながら
私から離れない音

どこにゆく汽車だろう
ふるさとに
ふるさとに
私の中の美しいともしびに

しゅしゅぽぽと
深く深く私をさして
幻聴の昔の汽車がゆく

ああ
その遠いともしびの窓に
青い刺繍の糸がある

汽車はなお
走りつづける
誰も乗っていない暗い客車が
何台も
何台もつづいて
空洞の私の中にひびく

遠い終点の灯しの中に

むこうを向いて
ひとりの細い影がある
汽車のゆく音がする
いつまでも

花のある窓

赤い花に飾られた窓
そこにだけ陽がさして
遠い小鳥を呼んでいる

森林は川の向こうに
黒々と黙している

内部に磨いた結晶に
風景を映したとて何が残ろう
物象はみな鋭角を墜ちてゆく

窓にはそれゆえカーテンをひけ
暗いみどりの中に立ち
悲劇が彫った傷あとに
歌の天使が生まれかけているのを

鵟鳥の羽で育てるがよい

赤い花に飾られた窓
陽は今もさしていようが
閉ざされて中は暗い

透明になった小鳥だけが
その天使たちの母になるだろう

荒涼とした過去の大河が
壁の周囲を流れはじめた
怨霊のように爪が私の影を追う

花が一つずつ散ってゆくのを
窓枠は知っていたが声をのんでしまった
それほども内部は腐蝕して
紫の月をあげようとしている
この平和な町の空に

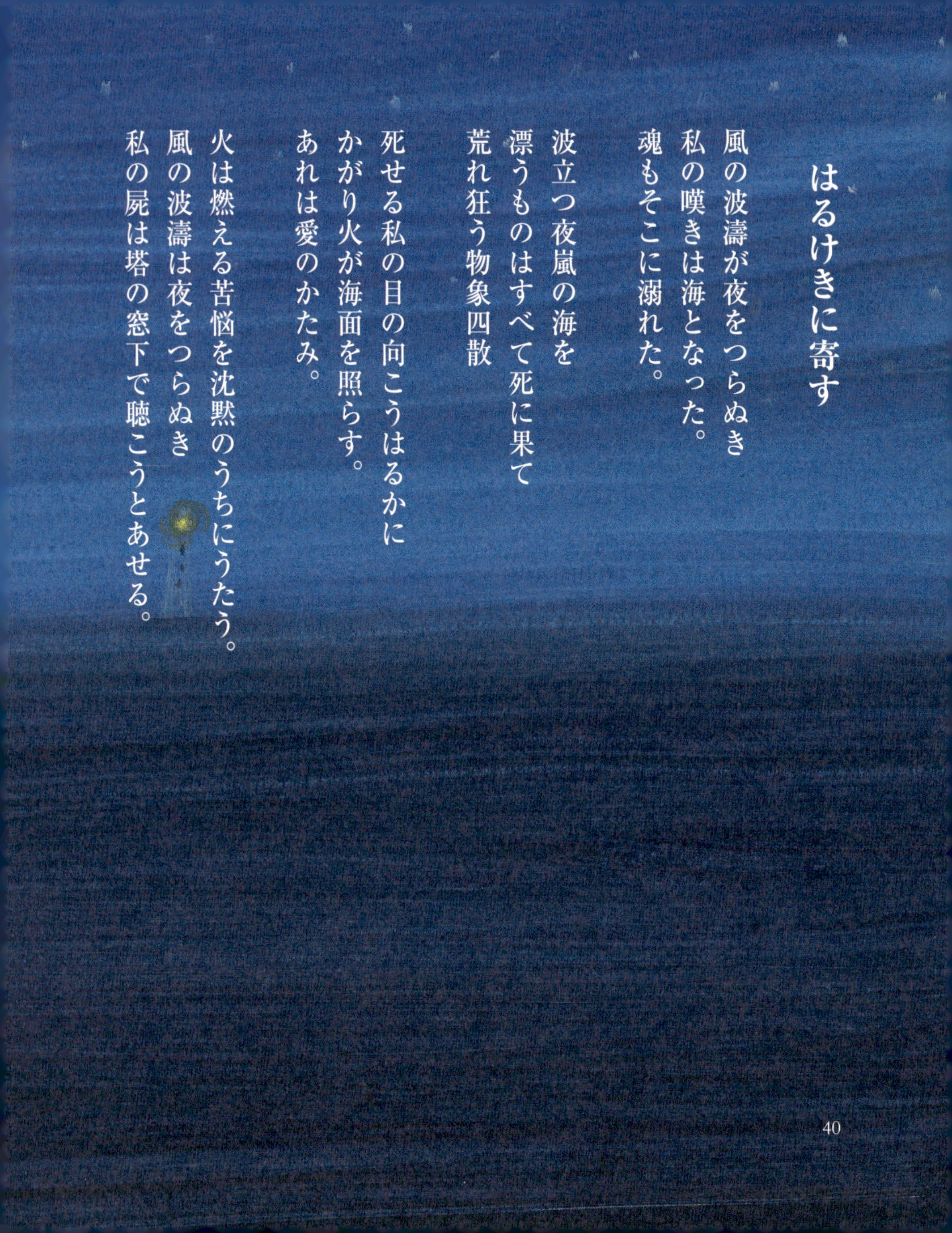

はるけきに寄す

風の波濤が夜をつらぬき
私の嘆きは海となった。
魂もそこに溺れた。

波立つ夜嵐の海を
漂うものはすべて死に果て
荒れ狂う物象四散

死せる私の目の向こうはるかに
かがり火が海面を照らす。
あれは愛のかたみ。

火は燃える苦悩を沈黙のうちにうたう。
風の波濤は夜をつらぬき
私の屍は塔の窓下で聴こうとあせる。

おお、置きあやまった距離がひろがる。
私の弔いの松明から
ひとつの星にかけての遠い空。
そこに時間が収斂されて煌めく。

死ぬほど愛した人は知っている、
世界は一つの行方を持つと。
すべてはひとつの星に向かい、
逆らうものは亡びねばならない。

死とは何であろう、
おのれの時間の放棄である。
世界を少しでも神に回帰さすため、
亡びるものたちと別れること。

星はそれゆえ死の心の色にきらめく。

晩禱《ばんとう》

紅の空が稜線を影彫るとき
黄昏の大気は
葡萄畑の斜面にひろがる。

人が青銅の像になるとき。

影さえも喪った沈黙の秋気に
その心は
鳥となって野末に墜ちる。

ああ
その回帰の軌道を追えば
野がくれの苺の赤かった村の小川に至る。

そのせせらぎの
草の葉を洗う音が聞こえるあたりに
夕方は深まりゆく。

三日月のように細い塔。
夕露にぬれて光っている窓。

回想

回想

砂漠に去って行った
幻影の一隊に
栗色の馬を放った

砂埃りの舞う下を
馬は一点となって
天地に消えた

秋
そうそうと雲の流れる空
黄葉が散るのを見ながら
帰営しない一隊を思う

色とりどりの帽子を被って

歌をうたった勇士たち
ひとりひとりが花だった

天の廻《めぐ》りにつれて
兜がゆれはしないかと
武将の一人はそれを捨てて
月桂冠を誇らかに結ぶ

砂漠の夕焼けを映そうと
全身に鏡を鎧《よろ》った人もいた

碧さの中に分けゆくと
凍りはしないかと
詩人の一人は酒を掌に包む

月が傾けば
泣きはせぬかと
馬までが仔馬に鞠をもたせた

星の夜空を貫いて
永劫の朝を見ようという
死を怖れない微笑の目

おお
壮大な気宇の一隊

秋草の露に映る碧い空に
帰営しない一隊をおもう

夏の道を砂踏んで去った
顧みる人ひとりなく
旗を立てて砂漠に去った

白檀の弓に矢文をつけて
満月の夜を飛ばしたが
見たのか否か返事はない

砂漠の果ての
伝説の湖上に
三日月が舟となって並んでいるというが

楽しく去って行った一隊は
そこに行きつくだろうか

そこからは
暁への潮流がひたひたと心を
呼ぶと聞いたと思うが

秋
まひるまの丘の草に寝ころび
牧童のように愁う

パリの優しいレストラン

一九五〇年代の中頃、私はフランスに大学の非常勤講師として赴任し、パリで下宿しておりました。当時はまだ日本は、戦時中の残虐な行為が原因で世界から冷遇されたままで、世界経済の仲間などにも入れてもらえない時代でした。そのような状況ですから、日本からの仕送りなどまったくあてにできず、非常勤講師の安月給で、毎月なんとか暮らしていかなければなりませんでした。

大学では毎月第三金曜日が給料日だったのですが、その日は授業の関係で給料を受け取りに行くことができず、次の月曜日まで待たなければなりませんでした。ですから、第三金曜日は、ひと月のうちで最も貧しい日になっていました。

下宿では自炊もままならず、私はほぼ毎日のように下宿近くのレストランに夕飯を食べにいっていました。そこはパリの下町らしいレストランで、女主人が料理を担当し、その娘さんが給仕と会計を担当して、他に従業員のいない小さな店でした。

毎月第三金曜日になると、月曜日まで何とかお金を残しておかなければならないので、いつもは定食などを注文しているのに、その日は決まって「今日はお腹が空いていないから、オムレツだけお願いします」などと聞かれてもいないのに、言い訳しながら、私は一番安いプレーンオムレツを注文していました。そういうことが何度か続いていたので、店の人たちは、「どうやらこの外国の若者は第三金曜日になると、お金が底をつくらしい」と私の懐事情を察したのでしょう、あるとき私がプレーンオムレツを注文すると、娘さんが付け合わせのパンだけ二人前テーブルに置いてくれました。私が、「間違ってますよ」と言うと、娘さんは口に人差し指をあてて、「内緒よ」という合図をしました。それでも私は何だか悪い気がして、勘定を払うときに、パンの代金を二人前払おうとしましたが、彼女はにっこり笑って、一人前しか受け取りませんでした。それ以来、第三金曜日に私がプレーンオムレツを注文すると、娘さんはパンをこっそり二人前運んでくれるようになり、第三金曜日の私のひもじさは解消されました。そして娘さんのさりげない心遣いのおかげで、私のお腹だけではなく、私の心も満たされました。

やがてパリにも秋が訪れた頃のことです。パリは北緯五十度に位置するので、北海道よりも北になります。ですから、十月には寒さが厳しくなりはじめます。そのような頃のある特別に寒い夜もまた私はいつものように母娘のレストランに行きました。その日はパリでも十年ぶりの寒さだったと後で知りましたが、私が財布の中身と相談して注文したために、「今日もまた乏しい夕飯になるなぁ」などと思っていると、珍しく厨房から女主人がお盆を持って、私のところにやってきました。「注文を間違えて作ってしまいました。捨てるのはもったいないから、よかったら食べて下さいませんか」と女主人は優しく私に言って、お盆に載せたオニオン・グラタン・スープを差し出しました。女主人はそれ以上何も言わず、厨房に戻っていきました。しかし、狭い店の中のことですから、誰が何を注文したかは、私にもだいたいわかっていました。誰もオニオン・グラタン・スープなど注文していないのです。彼女が間違えたというのは嘘で、私のためにわざわざ作ってくれたのです。私は女主人の優しさに感激して涙がこぼれそうになり、何も言えませんでした。そして、ありがたくその料理をいただきました。後から娘さんがやってきて、パンを二人前、そっとテーブルにおいてくれました。

パリのあの寒い夜に食べたオニオン・グラタン・スープは、私にとってそれまで食べたスープの中で、一番温かくおいしいスープでした。寒さに凍えそうになっていた体が温まったばかりでなく、心も本当に温かくなりました。異国の地で、日本人というだけで冷たい扱いを受けるような時代に、何気ない親切をこの二人から私はいただきました。決して恩着せがましい親切ではなく、心から自然に溢れ出る親切に、私は当時も涙が出ましたが、今でもそのことを思い出すと、涙がこぼれます。日本人とかフランス人とか、そういう人種の垣根や偏見もなく、ひとりの気の毒な人間に、同じ人間として手を差し伸べてくれる本当の優しさを、私は知ることができました。

あとがき

葉祥明先生と一緒に仕事をしたのは、『人生の贈り物』の出版のときが初めてであった。そのあと、雑誌の鼎談でご一緒して、私は葉先生に対する好感度をより高めた。何かまた一緒に仕事をしたいと思っていたら、今回のこの詩集の出版となった。なんという幸せであろう。あとがきにもっと書くべきことがあるのかもしれないが、これだけで、私がこの詩集の出版をどれほど喜んでいるか、伝わることを願いながら、この本の出版に携わって下さった方々に深い謝意を表したい。特に、葉祥明先生にはお礼の言葉もないほど感謝している。

また『わが哲学を語る』『人生の贈り物』に続き、この一冊にも多大な励ましをいただいた鎌倉高徳院の佐藤孝雄ご住職、ご母堂の美智子様にこの場を借りて心から御礼を申し上げたい。

さらに、かまくら春秋社の伊藤玄二郎氏、山本太平氏にも感謝申し上げる。そして、いつも陰日向なく私を助けてくれている三村利恵氏にも深謝する。

二〇一二年三月一七日　　　　今道　友信

葉 祥明
（よう しょうめい）

1946年、熊本市生まれ。絵本作家／画家／詩人。72年創作絵本『ぼくのべんちにしろいとり』でデビュー。90年創作絵本『かぜとひょう』でボローニャ国際児童図書展グラフィック賞受賞。郵政省ふみの日記念切手にメインキャラクターの“JAKE”が採用される。

著書に『地雷ではなく花をください』、『イルカの星』、『おなかの赤ちゃんとお話ししようよ』、『心に響く声』など多数。

1991年、北鎌倉に「北鎌倉葉祥明美術館」を開館。2002年、葉祥明阿蘇高原絵本美術館を開館。http://www.yohshomei.com

今道 友信
（いまみち とものぶ）

1922年、東京生まれ。哲学者／美学者。少年期は父の転勤にともない山形県鶴岡市に一時在住。東京大学名誉教授。聖トマス大学名誉教授。日本美容専門学校校長。1986年紫綬褒章受章。哲学国際研究所（I. I. P. パリ）所長などを歴任。

著書に、『美の位相と芸術』（東京大学出版）、『アリストテレス』（講談社学術文庫）、『世界は涙を忘れて…』（女子パウロ会）、『中世の哲学』（岩波書店）、『今道友信　わが哲学を語る』（かまくら春秋社）、『未来を創るエコエティカ』（昭和堂）など多数。

雲のゆくおるがん

著者　今道友信
　　　葉祥明

発行者　伊藤玄二郎

発行所　かまくら春秋社
鎌倉市小町二―一四―七
電話〇四六七（二五）二八六四

印刷所　ケイアール

平成二十四年五月二十八日　発行

ISBN978-4-7740-0562-1　C0092